つたなさの方へ

那須耕介

Kosuke Nasu

目次

家の中の余白　9
「能力」は本人のものか？　15
ありあわせの能力　21
もう一つのゴールデン・スランバー　27

つたなさの方へ　33
謝らない人　39
「忘れたこと」はどこに行ったか？　45
羨望と嫉妬　51

鞠《まり》と甕《かめ》　57
悪筆　63
やらないではいられない、余計なこと　69
こける技術　75

黒めがね、マスクそして内心の自由　81
傘はいらない　87
大学の「へり」で　93

装幀・レイアウト◉クラフト・エヴィング商會［吉田浩美・吉田篤弘］

櫻子に――

つたなさの方へ

家の中の余白

二〇一九年七月二十三日（火）

『家に帰ると妻が必ず死んだふりをしています。』（作・K.Kajunsky、漫画・ichida、ＰＨＰ研究所）を読んだ。ある夫婦の毎日を、夫の目から記録した漫画とエッセーである。

発端は、夫が帰宅するたびに妻がさまざまな「死んだふり」で出迎える、というできごとだった。玄関の扉を開けると、昨日は背中に包丁を突き立てられ、今日は軍服のマネキンに頭を撃ち抜かれ、明日は段ボール製のワニに飲み込まれて、妻が倒れている。

最初こそぎょっとしたものの、夫は毎度これをそっと素通り（スルー）する（妻もその後何事もなかったように夫と夕食をともにする）。さすがに無関心ではいられず、それとなく本人に尋ねてみるのだが、はっきりした説明はない。考えあぐねてウェブ上の相談サイトに投稿し、ブログに後日譚《たん》を綴《つづ》るうち、インターネットの世界に広く関心をもつ人たちが現れ、これを素材に歌が作られ、漫画に描かれ、ついに映画化されるにいたった。

心に残るのは、この夫が妻の不穏なふるまいを安直には理解せず、じっと未知の小動物でも見るようなまなざしを保っているところだ。家族は言葉で言える以上のことをわかりあわなければならない（わかりあいたい）という希望を手放すわけではない。彼はただ、これを明快な意味の世界に引き込んで安心するのではなく、ぼんやりした当惑とともに見守っている。

家族でない者が家族になろうとするとき、その出発点を普通よりもずっと手前におき直さざるをえないことがある。少々突拍子もないことをしてでも十分な助走距離を確保しようとする、動物としての知恵のようなものだろうか。

やむをえず血縁者から引き離された子どもが養子や里子として別の家に迎えられると、あらゆる手を尽くしてこの新しい家族を困らせ、ときには自他を深く傷つけるような言動をくりかえすという。これは自分が相手にとってどこまでも得体《えたい》の知れない生き物であることを思い知らせた上で、それでもあなたはこれを取り換えのきかない家族として受け入れるのか、と問いただす身ぶりなのだそうだ。

人はふつう、互いに得体の知れない存在であり続けることに長くは耐えられない。子どもは子どもらしく、妻は妻らしく、夫は夫らしく、自他を紋切り型の中に収めて安心したいと思う。だが実際には、規格品のようなお約束の中にすっぽりと収まっていられる人など、どこにもいないだろう。職場であれ学校であれ近隣であれ、ましてや家族のなかでは、この取り決めを破り、相手に対して未知の生き物として現れざるをえないことがある。

この人はこんな人だ、という思い込みで相手を塗りつぶさない、そんな余白を私たちは家の中に、職場に、学校に、どうすれば残しておけるだろうか？

ソクラテスは自身の死に臨み、自分の哲学は「死の稽古」だった、と述懐したそうだ。毎日死体を模して夫を迎える妻と、それをそれなりに真剣な謎かけとして受けとめる夫は、哲学の稽古をする人たちであるように私には思えた。

「能力」は本人のものか？

二〇一九年九月六日（金）

どんな社会で暮らすにせよ、人は「できる／できない」の評価や競争を避けられない。ただ、何が本当に必要な能力で、どうすればそれを伸ばせるのかは、いつもはっきりしているわけではない。

年齢や性別、運動神経を問わず楽しめる競技の開発と共有をめざす「ゆるスポーツ」の運動は、私たちの能力の有無や優劣が、ゲームのルール次第で簡単に逆転してしまうことを教えてくれる。地べたを這《は》ってプレーするイモムシラグビー、一メートルを走る遅さを競う一〇〇センチメートル走……。全員が目隠しをすれば視覚障害の有無は消滅し、バランス感覚を競うだけなら老若男女の違いはない。

このような実験をみていると、「自分を鍛えないと自分の能力は伸ばせない」というのはウソなのかも、という気がしてくる。

岡田美智男の『〈弱いロボット〉の思考』（講談社現代新書）は、能力をもっぱら個体の属性とみなす「個体能力主義」がロボット設計の盲点だったことを指摘する。その結果、これまでの研究者は、ロボット本体により多くの、より高い能力を詰め込むことばかり考えてきた。だが実際のところ、ロボットであれ人であれ、その能力は個体とその環境との支えあいの産物だ、という見方が抜け落ちていたのではないか、というのだ。

人が歩くには両足を交互に出すだけでは足りず、その下に固く安定した地面が必要だ。他人と意思疎通をはかるには、相手にも相応の言語能力がなければならない。私が穏やかで親切な先生でいられるのは、きっとそれを上回る学生の辛抱強さのおかげだろう。

二十世紀に誕生した福祉国家は、「人には生きるための能力が生まれつきそなわっているわけではない」という考え方を出発点にして発展してきた。だからこそ多様な制度やサービスの提供を通じて、政府が人の能力の不足や欠如を補う責任を負うのだ。――補う、でもどうやって？

「ゆるスポーツ」や「弱いロボット」のヒントに従えば、二つの方向が考えられる。一つは、能力はあくまでも個人のものなのだから、一人ひとりの能力を伸ばすことが大切だ、という方向。もう一つは、人の能力は身の回りの条件次第で変わるのだから、生活環境や人間関係の充実をはかるべきだ、という方向。前者をとれば能力の低い個人への訓練や治療が重視され、後者ならその個人を支える施設や制度などの環境整備や支援・代行サービスの拡充が求められる。

どちらが大事か、ということではない。ただ気をつけたいのは、個体能力主義的な見方にとらわれて前者ばかりが強調されると、自立の失敗をむやみに当人の能力や意欲、努力の不足のせいにしてしまいがちになる、という点だ。

「自助努力」を高唱する人ほど、人の能力がゲームのルールに依存していることを忘れがちだ。「自立」の条件が当人と社会の両方にまたがってあることを念頭にあたりを見回せば、ちょっと違った風景が見えてくるのではないだろうか。

ありあわせの能力

二〇一九年十一月十八日（月）

一九四〇年代からジャズ・ミュージシャンとして活動してきたリー・コニッツは、即興演奏の心得を「何も準備しないで演奏する、それにはたくさんの準備が必要だ」と表現してみせた。どんな曲をどんなアレンジでやるかは白紙のままで舞台に立つ。ただ、毎回一発勝負でいい演奏を聴かせるには、それとは違った「準備」に力を注がねばならないのだという。どういうことだろう。

それはたとえば、毎日家の台所に立ち続ける能力を会得することに似ているような気がする。

プロの料理人ではないのだから、この材料が足りない、あの道具がないとできない、などという泣きごとは通じない。台所にある道具だけを使って、冷蔵庫にあるものの範囲で、頭にあるレシピを思い出しながら、今日の献立を工面する。それが「うちのごはん」の基本形だろう。それは私たちにとってなじみ深い重荷でもあり、またささやかな楽しみでもある。

たぶん、このことは生活のあらゆる場面にあてはまる。どんな仕事に取り組むときも、完璧な準備、水も漏らさない計画などというものはありえない。無限の時間、無限の資源、無限の知恵に恵まれているわけではない私たちは、いま手元にあるものだけでどれだけのことができるか、というやりくりから逃れられないのだ。

ジャズの演奏であれ、台所仕事であれ、そこから学べる最大のことの一つは、私たちの毎日の生活はありあわせととり繕《つくろ》いの反復でできている、ということだ。だとすれば、私たちは毎日を臨機応変、行き当たりばったりで乗り切っていくことをよしとする気風《きっぷ》とその能力とを、多少なりとも自分のものにしておく必要があるだろう。

「修理」する能力は、この「たくさんの準備」の中でも特に有望なものの一つだ。壊れたものを元どおりにするだけではなく、別の使い途《みち》を考えたり、手近なもので代用品を作ったりするには、いつでもちょっとした想像力と根気がいる。衣類や家具・寝具、家電用品、家屋そのものに至るまで、自分で（または誰かの手を借りて）直しながら使い続けられるものは、いま、自分の身の回りにどれだけあるだろうか。

身辺の日用品だけではない。道路や橋、大きな建築物だってそうだ。その時々の最高の技術を駆使して完全なものを作る能力とは別に、「ありあわせ」でいく能力と気質を育てていくことを、もう少し真面目に考えてもいいいような気がする。

貧乏くさいことを、と言うなかれ。私たちにとってある種の貧しさ——時間、資源、知恵の不足——は、避けようのない生活上の条件だ。むしろむやみに貧しさを恐れることは、かえって自分の生活を窮屈で味気なくしてしまうのではないか。金継《きんつ》ぎや紙の漉《す》き返しの例を挙げるまでもなく、ときにそれはむしろ贅沢《ぜいたく》でもある。

そして何より、ありあわせの範囲で繕いながら守ってきたものには、取り換えのきかない、使い捨てにはしたくない（できない）ものとして、ちょっと特別の愛着がわくものだ。自分の体と心は、その最たるものだろう。

もう一つのゴールデン・スランバー

二〇二〇年一月十七日（金）

眠りからさめて、「こんな夢をみた」とそばにいる人に話す。聞く方は適当に合いの手を入れながらぼんやり耳を傾ける。話した方もどうというわけでもなく、やがて別のことを考えはじめている。

夢の話を話してみたいと思うことがあるのはどうしてだろう。

よくある説明によると、夢はその人の「本当の自分」を知る手がかりで、当人も気づいていない願いや心配を解き明かし、相手と分かち合うためにそうするのだ、ということなのかもしれない。

違うというつもりもないが、本格的なカウンセリングならいざしらず、ふだんのやりとりにそこまで大層な役割があるとも思えない。現に私たちは、話し終えるとすぐにそのことをすっかり忘れてしまうではないか。

精神科医の中井久夫によると、本来、寝ている間に夢が夢としての役割を十分に果たせば、その人に夢の記憶は残らないのだそうだ。つまり朝起きて覚えている「夢」は、実は夢の燃えかすのようなもの。そしてそれも、放っておけば昼までには跡形なく消えてしまうのが健康のしるしなのだとか。

私が眠りにつくと、小人のようなものがたくさん現れて、昼間の私には処理しきれない心身の困難——心の悩みであれ、こなれの悪い食べ物であれ——を、いっせいに片付けてしまおうとする。すっきり目覚めて夢をみた覚えもないときは、小人たちの仕事が上首尾におわった場合だろう。

私たちが「夢をみた」といっているのは小人たちが仕事をしくじったときのことで、それは昼間の自分にも、夜の小人たちにも手に余る、やっかいな何かを抱えていることのあらわれなのだ。

だとすれば、目覚めてする夢の話は、この燃えかすの処理方法の一つなのではないか。

その中にはもちろん、専門家に分析していただかねばならないほど深刻なものもあるだろう。しかしその大半は、自分一人（と小人たち）には消化しきれないようにみえて、そばにいる人に聞いてもらうだけで他愛《たわい》もなくほどけて消えてしまう。夢をちゃんと見終えるには、時々はこれを自分の中から取り出し、他人という別の器で受け止め直してもらう必要があるのかもしれない。

では、夢の話を聞く側にとって、これはどんな経験なのだろう。

「天狗裁《てんぐさば》き」という落語は、うなされているところを妻にゆり起こされた夫が、何の夢をみていたのか思い出せず、隠していると疑った妻、隣人、大家、奉行、ついには天狗からもきびしくしつこく白状を迫られるという話だ。

ここにあるのは相手への気遣いというより、混じり気のない好奇心だろうか。当人がもてあましている心のざわめきに思わず耳をそばだてる、そのとっさのしぐさがお互いの未消化の夢を受け止めるささやかな器になる。

一人では見終えることのできなかった夢は、目覚めた後に、そばにいる人と見届ける。それはまだ夢の続き、人間だけに許されたもう一つの豊かな眠り（ゴールデン・スランバー）なのかもしれない。

つたなさの方へ

二〇二〇年三月二十三日（月）

しろうとの目には、陶芸はあまりにも自由すぎる作業に見える。土はどんな形にも融通のきく材料だ。好きに作ればいい、といわれると、かえってどう手をつけたらいいものか、途方にくれてしまわないのだろうか。

以前、陶芸をなりわいとしている友人に、そんな子どもじみた質問をしたことがある。土をこねていて、土の方から「こんな形になりたいです」と言ってくれるようなことって、ある？　と尋ねると、彼はくすくす笑いながら、これは「作品」じゃないんだけど、と、小さな器を出してきてくれた。

両方の掌《てのひら》に収まるほどのころんとした器だが、何に使うものなのかわからない。ざらりとした土そのものの白茶けた肌の上に、炎の舐《な》めたあとがまだらに残り、一面に点々と大小の灰が降っている。

アフリカかどこかの片田舎の地べたに、あるいは何万年も昔の遺跡の隅に転がっていてもおかしくない。愛嬌《あいきょう》ある、しかし不敵な風貌にびっくりして、思わず、これは「アフリカの器」だね、と口走って、また笑われた。

それから何年か後、ジュンパ・ラヒリの『べつの言葉で』（中嶋浩郎訳、新潮社）を読んだとき、この器のことを何度も思い出した。

ラヒリはベンガル出身の両親をもつ、米国育ちの小説家だ。いくつかの長編と短編集が好評を得た後、イタリア語を学び始め、やがてローマに移住してイタリア語で作品を書き始める。『べつの言葉で』は、その過程をイタリア語で記録したエッセイ集だ。

読んだのは日本語訳だが、短く簡素な文章を点描のように重ねていく書き方で、ラヒリが不慣れな言葉をおそるおそる使っているのが伝わってくる。

移住の半年前、彼女は「親密で必要不可欠なもの」を捨てるべきだと感じて、英語で書かれた本を読むのをやめてしまう。すると、「創作生活の錨《いかり》がなくなり、わたしを導いていた星が消える。目の前に見えるのは新しい空っぽの部屋だ」。ローマでは小さな手帳に手当たり次第に単語を集め、「文体のない幼稚な言い回しで」ぎこちなく日記をつける。しかしあるとき、雷に打たれたように四時間で小さな物語を一つ書き上げる。

物心ついたときからそれによって考え、人とやりとりを交わしてきた言葉から切り離されることは、人が経験する最も残酷な仕打ちの一つだろう。言葉をなりわいの道具とする作家であればなおさらだ。ラヒリはどうして、そんな不自由をみずから引き受け、疎遠な他人の言葉で書くことを自分に強いたのだろうか。

慣れ親しんだ環境で、使い勝手のいい道具を手に、楽々と思い通りにふるまうことは間違いなくかけがえのない「自由」の経験だ。

でも、それだけでは何かが足りない、どこかさびしい、と感じる。

それもまた、もう一つの「自由」への扉なのかもしれない。

「アフリカの器」は、いま私の手元にある。仕事机の上にあって、今日のように、好きなことを書けばいいのに、何を書けばいいのか、途方にくれている私を、ときおりじろりとにらんでくる。

謝らない人

さっさと謝ればいいものを、謝らない、謝れない、謝ろうとしない。そんな人がたまにいる。

何か弁解をするわけでもなく、誰かにかばってもらえるわけでもなく、意固地にそっぽを向いている人の姿をみると、私たちはいつも驚き呆れ、ときには憤慨してさらに非難の声をあげる。この人、いったいどういうつもりなのか。

そんなひねくれ者を目にするたび、かつての教え子のなかでも飛び抜けてお調子者だった一人から聞かされた話を思い出す。

彼が高校生だったとき、例によって授業中の悪ふざけがすぎて先生からこっぴどく叱られたことがあった。出ていけ、反省するまで走ってこい、と命じられて素直に校庭に出たものの、教室に戻るきっかけを見失ってそのまま延々とトラックを走り続けてしまった。結局その先生からは、いつまで走ってるつもりだ！　とあらためて大目玉をくらうはめになったとか。

本人の弁によると、走っているうちに、あんなやつに頭を下げるぐらいならこのまま走っていた方がずっとマシだ、という気持ちがむくむくともたげてきた、ということらしい。

当の先生にとってはまったく腹立たしいかぎりだっただろうが、

いま思い返してみても、私は彼のことをどうしても本気で責める気になれないようだ。

人に謝罪を求めるとき、私たちがまず考えるのは相手にその非を認めさせることだろう。しかしそこにはもう一つ、大事な目的がともなっている。それは、相手を赦《ゆる》す、ということだ。

私たちはふつう、赦すつもりのない相手に向かって、謝れ、とは言わない。相手を赦してもとの穏やかな関係に戻りたいと願うからこそ、謝ってほしいと思う。非難のなかに和解の呼びかけを聞きとった人が、それに応えて謝罪の言葉を返す。一方が詫《わ》び、他方が赦すことは、望ましいつきあいの回復をめざした一つながりの共同作業なのだ。

しかし、私たちはついそのことを忘れてしまう。間違いを犯した人をやり込め、辱《はずかし》め、懲《こ》らしめることに熱中していると、自分が相手とどんな関係に戻りたいのか、そのためには相手からどんな協力を得る必要があるのか、ということに目が向かなくなる。

怒りにまかせた糾弾や隙のない理詰めの非難が、とにかく謝っておけばいいいんだろう、といわんばかりの態度につっぱね返されるのはそんなときだ。それはたぶん、なんのために詫びるのか、その意味を私たちがいつの間にか見失っていることのしるしでもある。

どんなに自分が間違っていたとしても、謝れない、謝ってはならないときがある。やみくもに人を責め立て、痛めつけようとするだけの「非難」に出くわしたときには、口先だけのぬるい謝罪に逃れるより、黙って何周でもひんやりとした校庭を走り続けていた方がずっとマシ、のように思えるのだ。

恐れ入ります
切手を
お貼り下さい

郵便はがき

602-0861

京都市上京区新烏丸頭町
164-3

株式会社ミシマ社　京都オフィス

ちいさいミシマ社編集部 行

フリガナ

お名前　　　　男性・女性　　歳

〒

ご住所

☎　　　(　　　)

お仕事・学校名

メルマガ登録ご希望の方は是非お書き下さい。

E-mail

※携帯のアドレスは登録できません。ご了承下さいませ。

★ご記入いただいた個人情報は、今後の出版企画の参考として以外は利用致しません。

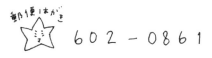

ご購入、誠にありがとうございます。
ご感想、ご意見をお聞かせ下さい。

① この本の書名

② この本をお求めになった書店

③ この本をお知りになったきっかけ

④ ご感想をどうぞ

＊お客様のお声は、新聞、雑誌広告、HPで匿名にて掲載させていただくことがございます。ご了承ください。

⑤ ミシマ社への一言

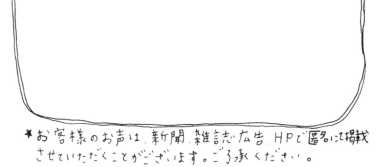

「忘れたこと」はどこに行ったか？

二〇二〇年五月二十五日（月）

いましがた入った喫茶店で、たしかあずきミルクを注文したはずなのに、しばらく飲んでからそれがきなこミルクだったことに気がついた。ただ、ぼんやりしていたせいで、間違ったのが自分なのか店主なのか、もうわからない。

ほんの瞬間のことでさえこのありさまだから、五年、十年、まして何十年にもわたる記憶など、とてもあてにならない。自分はどの程度自分の記憶を管理できるのだろう。その力にはじめから限りがあるのなら、この先自分が覚えていることと、忘れてしまうこととを分けるものは何なのか。

自分の記憶力を信じられないとき、私たちはさまざまな記録やしるしに頼る。メモを書きとめ、写真や音声、映像を残す。アラームを設定し、記念日を祝う。忘れたくないこと、忘れてはならないことを損なわないように、できごとの細部を写しとり、思い出すための手がかりを身辺におく。

けれども、自分の肖像画が自分自身ではないのと同じように、記録やしるしは、私たちの記憶そのものではない。記憶とはこれらの手がかりに助けられて、ようやく一人ひとりのなかによみがえってくる何かのことなのだから。

どんなに詳細な記録も、どんなに立派な記念碑も、私たちの記憶を保証してくれるわけではない。私たちは、ときには動かぬ証拠を突きつけられてもなお、覚えていません、と答えるほかない頼りない生き物だ。人が記録やしるしを残すのは、しばらくのあいだ安心して忘れているためだ、とさえ言えるのかもしれない。

だから、大きなできごとの「記憶を風化させない」ための努力を目にするたび、私はほんの少し複雑な気持ちになる。私たちは、たしかな手がかりさえ残せばたしかな記憶を保てるかのような思い込みにとらわれていないだろうか。そのおかげで、生きた記憶には結びつかない、形骸《けいがい》だけの記録やしるしに満足してしまっていないだろうか。

確固とした記憶の手がかりを残すことを、無駄だというのではない。しかし私たちの記憶を実際に支えているのは、忘れまいとする努力、思い出そうとするしぐさの方だろう。うろおぼえの歌を歌おうとする人が同じ歌を毎度違った風に歌うように、思い出は思い出そうとするたびに少しずつ姿を変える。手探りで記憶をたぐる手つきそのものが、その輪郭《りんかく》や印象をたえず塗り替えていく。

だとすれば、私たちの記憶力は、いつでも正確に同じデータを表示するコンピューターのようなものではないはずだ。むしろ、いまの自分にとって大事なこととそうでないこととを選別し、どうでもいいことはそのつど忘れてしまう忘却の能力をその一部に含んでいるのではないか。

忘れることは、データをなくすことと同じではない。では、ふるいにかけられ、意識の表舞台から姿を消した私の記憶は、一体どこで何をしているのだろう。きなこミルクを飲みながら、私はいっそうぼんやりしてしまったのだった。

羨望と嫉妬

二〇二〇年七月七日（火）

しょっちゅう、というわけではないけれど、鬼海弘雄《きかいひろお》の『や・ちまた　王たちの回廊』（みすず書房）を本棚から取り出してぱらぱら眺めたくなるときがある。浅草寺界隈を行き交う、こってり濃厚な風体の人びとの肖像を集めた写真集だ。

そこに寄せられた荒川洋治の感想によると、年配の人の服装には、その人の人生がどこでどんな風に「止まった（止められた）」かが記録されているのだという。これらの写真を見るうちになんとなく胸がざわつきはじめるのも、一人ひとりの人生を「止めた」出来事への想像がかきたてられるからだろうか。

人生の荒波を何度もかぶるうち、私たちには自分の身なりに対する不自然なこだわりや探究心を失う瞬間、「これでいいや」と開きなおる瞬間がやってくる。どんな格好で街に出て、人と会うのか、その型がきわまって、もう、そこから動かない、動かせない。「自分のスタイルができあがる」といえば聞こえはいいが、そこでその人の人生が「止まって」しまっていることに変わりはない。

自分の思うままに生きられる人などいないのだから、その人の身なりには当人の選択だけでなく、甘んじなければならなかった苦労や挫折、断念のあとがそれとなく――ときには無残なほど克明に

――刻み込まれている。だからこそ私たちは普段、他人の身なりをじろじろ見つめないようにしているのだろう。でもそれは興味がないからではない。写真に限らず、すぐれた肖像は、その痕跡を拡大鏡のようにあざやかに示してくれる。私たちはつい息をのんでそれに見入ってしまうのだ。

若い頃には、自分がいまあるようにしか生きられないことによく苛立《いらだ》っていた。誰でもいいから自分以外の誰かになりたい、と願うこともあったように思う。自分にはまねのできない生活を生きている人を見ると、それだけでうらやましく、ときにはその人のことを腹立たしく思うことさえ、ないわけではなかった。

『や・ちまた』の頁《ページ》をめくっていると、ここにいる人たちのことをうらやむ気持ちがいまも小さく脈打つのを感じる。けれども、それはもう悔恨や憎しみの感情には結びつかない。不思議な感じだ。

羨望《せんぼう》と嫉妬《しっと》はみにくい感情の代表のように言われるが、この二つは一体のものではない。自分には決して手に入らないものに囲まれ、自分には生きられない人生を生きる人に強くあこがれることと、そのことを不本意に思い、さらにはその人に憎悪や反感を抱くこととは、別のことだろう。

たしかに嫉妬は、嫉妬する人とされる人の両方を傷つけ、苦しめる。これを避けながら、なお未知の生活への好奇心やあこがれの気持ちを保つことはむずかしいのだろうか。

この人たちは、自分の代わりに、自分の知らない苦楽に彩られた人生を生きてくれた。たぶんその分だけ、私たちの世界は豊かになったのだ。でもそう感じることができるのは、自分の人生もまたいつのまにか「止まって」しまっているから、なのかもしれない。

鞠《まり》と甕《かめ》

二〇二〇年九月十四日（月）

子どもの手のひらに、一度にたくさんのものはのせられない。その耳にどれだけ大事なことをささやいても、次の瞬間には別の物音に心をさらわれてしまう。

何もかもが目新しく見えるかれらにとっては、毎日が初めての街を地図なしで連れ回されるような経験の連続だ。すべてが新鮮、というと楽しげだが、当人にとっては目まぐるしく不安と緊張に満ちた日々なのではないだろうか。

そういえば私たちも皆、そんな時期をなんとかきり抜けてきたのだ。思えばそれは、どんな子どもにもそなわっているゴム鞠《まり》のような敏捷《びんしょう》さとしなやかさのおかげだったのだろう。

前後の脈絡などおかまいなしに、子どもらがその瞬間ごとの刺激や思いつきに弾かれて跳ね回っていられるのは、どんな圧迫も即座に押し返して元の形に戻ろうとする、みずみずしい心身の弾力があるからだ。行き当たりばったりですばしっこく、落ち着きがなくて敏感であること。それは、弱くて小さな生物なりの自衛の戦略なのかもしれない。

しかし、この「三つ子の魂」をそのまま百歳まで保てる人はいない。大人になるとは、まさにこの機敏《きびん》な心身のこなしをじわじわと失っていく過程なのだから。

そのかわりに、私たちは未知の出来事、先の読めない世界と付き合うためのもう一つの方法を会得していく。たっぷり水をたたえた甕《かめ》のような老練な魂、とでも言えばいいだろうか。

いろんな経験を積むうち、大抵のことはどこかで見たことのある「些細《ささい》なこと」になっていく。小さな違いには鈍感になることで、将来の不透明さに怯《おび》え、不測の事態にうろたえることも減っていく。

この「器の大きな人」の堂々とした落ち着きは、未知のことを既知であるかのように受けいれ、不確かなはずの未来を見通せる、という自負に支えられている。慣れ親しんだ地図の上をなぞるように毎日を過ごす、というと退屈そうだが、明日が昨日とほぼ同じだと思えるからこそ、私たちはのんきに平穏な日常を過ごせているのだ。

でももちろん、誰もいますぐこの境地に到達できるわけではなく、またいつまでも三歳の童子《どうじ》のままでいられるわけでもない。私たちは人生のほとんどを、この両極の間、中途半端でちぐはぐな雑種として生きるほかないのだろう。

思想史家のアイザイア・バーリンはかつて、「ばらばらの細かな知識をため込む狐《きつね》」と「ただ一つの大きなことを知っているハリネズミ」という比喩で二種類の人間のタイプを表現してみせた。

でも私たちはその片方だけを選んで生きることはできない。トルストイが「自分をハリネズミだと思い込んだ狐」だったことによって大きな仕事を成し遂げたように、どんな人にもこの二つの魂の綱引きや釣り合いの加減があり、それが各人の風貌や持ち味を形作っているのだ。

視界の悪い不安な状態におかれたとき、どこで俊敏な狐となり、どこで泰然たるハリネズミとなるか。心身両面にわたる知恵の働きが、そんなところにも現れているらしい。

悪筆

、二〇二〇年十月三十日（金）

自分の悪筆には、学校との相性の悪さが影を落としていると思う。ちまちました勢いのなさ、腰の据わらないバランスの悪さには、言葉と自分の両方に対する不信と不敬の気持ち、どこか拗《す》ねたような、投げやりの気分がいつも隠しようなく表れていて我ながらあきれさせられる。

自分の筆跡への嫌悪をはっきり意識したのは、たぶん、中学時代に友人の文字を学習塾の教室で見たときだ。指名されて代数の証明問題をぐいぐい解いていく彼の字は、控えめにいっても他の人たちの倍以上の大きさで、人懐っこい覇気《はき》に満ちていた。思考の明快さがそのまま黒板の上に躍動するようで、見ているだけで自分まで頭がよくなるような心持ちがした。

どうにかしてあんな気持ちのいい文字を書けるようになりたいと思いながら、ついに今日まで果たすことがない。筆跡というものは自分の身体に深く練り込まれた癖やしぐさの一部分であり、小手先の真似《まね》や訓練ではどうしようもないところがあるのだろうか。この悪筆も生涯の病の一つ、ということかもしれない。

書家の山本万里の手による稀有《けう》な回想録『淡墨《うすずみ》の清韻《せいいん》 日比野五《ご》鳳《ほう》先生の思い出』（同朋舎）には、著者が小学五年生で入門したばかりの頃、師から何度も受けた助言が記されている。「一」の文字を書くときには、「おなかに力を入れてぐっと引っ張るんや。パンツの紐《ひも》が切れるくらいに力を入れるんや」。子どもに一つの文字、一つの線に心身を集中させる機微をよく伝える言葉として印象に残る。

この本から教えられたことだが、おそらく、書を習う人は、ただ一つの中性無色の理想的な「お手本」を機械的になぞろうとしているのではない。無数に存在する、それぞれが強烈な個性を内部に畳み込んだ先達の文字に（それこそ全力で）自分の気息を沿わせていくことをめざしているのだ。

臨書を重ねるうち、自分の最も頑固な悪癖がこそぎ落とされていく。自分の身体を使って未知の書字に親しむうち、他人の身ごなし、呼吸と心拍を新しいすみかとし、そのなかで闊達《かったつ》に遊ぶような境涯《きょうがい》が開けるのではないか。その先に、それでも残る自分の旧癖との和解のようなことがあるのか、尋ねてみたい気がする。

筆の先をちろりと舐《な》めて白紙に臨む、というしぐさが私たちの身辺からほぼ消えたいま、かつて言葉を味わい、文章を楽しむことと不可分にあった、手書きの文字を書き、読むことの喜び（と苦しみ）が水没しつつあることをどう考えたらいいのだろう。

芸術作品としての書だけのことではない。手紙や日記、メモ、落書きの類もまた、私たちがそれぞれの筆跡を通じて自分に言葉をつなぎとめる場所だったはずなのだが。

キーボードの後ろに自分の筆跡を隠すことが当たり前になるとき、自分の悪筆を省みてこれと格闘する機会をどこに見出《みいだ》せばいいだろうか。芳名録の前でつい尻込みしたくなる感じ、懐かしい人からの葉書《はがき》を何度も読み返したくなる感じは、まだなくなっていないと思うのだが。

やらないではいられない、余計なこと

二〇二一年一月六日（水）

子どもたちが、公園の木にのぼる。どんぐりの実を集める。かくれんぼをする。草野球に興じる。紙飛行機をとばす。ジェット・コースターで歓声をあげる。大人たちが、釣りに没頭する。競馬場に通いつめる。なじみの居酒屋で談笑する。犯罪小説を読みふける。仲間と連れ立って山に登る。一人で俳句をひねる。

誰に頼まれたわけでもないし、やめたからといって死ぬわけでもない。つまりは余計なことかもしれないが、私たちは生来、やらなくてもいいことをしないではいられない生き物だ。追い詰められて余裕を失えばやむなく我慢もするが、わずかな隙さえあればすかさず何か不要のことに手を伸ばしてしまう。

何をしているのか、と尋ねられたら、遊んでいるんだとしか答えようがない。では、遊んで何になるのか、という質問にはどう答えればいいのだろう。そもそも遊びの値打ちは、損得のものさしでも、善悪のものさしでも測れない。実利や道徳への気兼ねをすっかり棚上げにして、はじめて私たちは存分に遊ぶことができるのである。

大人たちはなにかと損得や善悪の分別に引きずられがちなので、そんなこわばりを微塵《みじん》も感じさせずに遊ぶ子どもたちの姿を目の当たりにすると、思わずあきれたり感嘆したりする。しかし実際のところ、遊ぶことの喜びは、名利を離れてその世界にうちこむ献身の深さからやってくる。そこに大人と子どもの違いはないはずだ。「遊び人」という表現がいつごろ日本語に定着したのかは知らない。定職を得て忠勤にはげむことを第一の徳目とする人が増えるにつれ、これにあえて逆らう者への風当たりが強くなっていったのかもしれない。それとも、社会にゆとりが生まれるとそこにつけ込んで遊び呆《ほう》ける者が続出し、これへの反感が勤勉道徳へと結晶していったのだろうか。

勝小吉の『夢酔独言　他』（勝部真長編、東洋文庫）を読んでいると、喧嘩《けんか》と吉原通いに明け暮れたこの人の半生が、勤勉道徳への不屈の反抗に支えられていたことがうかがえる（彼の家族は何度も彼を座敷牢《ろう》に押し込めようとし、彼もそれならそこで絶食して死ぬと宣してこれに抗《あらが》っている）。

本人が目前で身を乗り出しながら話しているかのような、まっすぐで打ち解けた語り口。そこから浮かび上がってくるのは、遊び人の境涯に身を投げるようにして生きた人のなかに根をおろした、人の愚かさ、弱さへの沁《し》み透《とお》るような理解と共感だ。

書き出しの一文で当人も認める通り、ここまで馬鹿《ばか》な人は当時の江戸にもまれだったかもしれない。それでもなお、その声に接するたび、こういう人がいてくれてほんとうによかった、という思いがじんわりやってくるのはどうしてだろう。

最もよく遊んだ人を、ほめたたえよう。余計なことへの捨て身のうちこみが、私たちの生活になくてはならない手ごたえと手触りを与えている。その値打ちを測るもう一つの小さなものさしを、いつも手元にしのばせておきたい。

こける技術

二〇二一年三月一日（月）

四十八歳で自転車の稽古を始めたマーク・トウェインは、「自分はどんどん上達している。昨日も新しい転び方を学んだ」といばってみせたそうだ。ただの負け惜しみにも聞こえるが、そうではない。自転車に乗れるようになりたければ、私たちは上手な転び方もわきまえておく必要があるのだ。

そういえば、柔道の授業で最初に習ったのは受け身だった。相手の倒し方より先に、投げられ、倒される技術を学ぶ。そんな格闘技がほかにあるのかは知らない。ただ、そこには人の能力や強さについての大事な洞察がはたらいているように思える。

たとえば、ロボットに受け身を教えようという人はあまりいないのではないか。高度な転倒能力を誇るロボット、なんて見たことがない。実際、転ばずにすいすい歩けるロボットを作るよりも、なめらかにダメージ少なく転ぶロボットを作る方が、ずっとむずかしいのだろう。

その一方、人間の赤ん坊は二足歩行を始める前に、さんざん転んだり尻餅《しりもち》をついたりする。歩きはじめる頃には棒のようにぱたんと倒れることは減り、バランスを失った瞬間、手をついたり、身体をひねったり丸めたりして衝撃をやわらげるようになる。人の身体は、転ばないようにではなく、うまく転ぶように作られていく、ということなのかもしれない。

同じことが、感情や知性の運転についても言えるだろうか。

哲学者のアランによると、たやすく怒りに我を忘れる人とは、些細なことにも動転する人ではなく、自分が動揺したことに動揺してしまう人、動揺させられることへの構えがたりない人なのだそうだ。

たしかに、感受性が豊かなことと、自分の感情に振り回されることとは違う。腹を立てている自分、落ち込んでいる自分に悪酔いせずに、その感情を大切にする方法にはさまざまあるだろう。友人に電話で不平をぶちまけるとか、悲しい歌を口ずさんでみるとか、やたらに自転車で走り回るとか。はた目には滑稽《こっけい》に映るとしても、私たちはそれぞれ無意識のうちに「感情の受け身」を工夫しているのだろう。

それに比べ、意見や信念の問題はずっとやっかいだ。どんな批判もはね返し、ぶれることのない無敵の思想こそ、強い、立派な考えなのだという思い込みが、私たちの間には根強くあるからだ。

学校では「周囲に流されない自分の意見をもちなさい」と言われ、論敵を徹底的に言い負かせる人がネット上では「無双《むそう》」ともてはやされる。そんな風潮のなかでは、直立不動の正論ばかりが求められて、自分の考えが揺さぶられ、転倒させられたときの「受け身」の技術が軽んじられても仕方ないのかもしれない。

でも、間違いたくない、失敗してはならない、という強迫は、しばしば間違いや失敗の傷をいっそう大きく深くしてしまう。だとすれば、自分の信念についてもまた、適度にぐらぐらと動揺し、頻繁に、しかしなるべく優雅に転倒するわざを磨いておいた方がいいような気がするのだが。

黒めがね、マスクそして内心の自由

二〇二一年五月十二日（水）

昔、リーゼントにサングラスという強面《こわもて》で人気のあったミュージシャンがいた。その彼がめがねをはずして素顔でドラマに出はじめたとき、意外に柔和でやさしい目をしていることがわかって、子供心にも拍子抜けしてしまった。なんとなくもっとコワい顔をしていると思い込んでいたのだ。

同じころ、安物のサングラスを手に入れて自分でもかけてみた。そのまま表へ出た途端、味わったことのない自由な感じに襲われてびっくりした。ついだらしなくにやけてしまいそうになるのを、必死でこらえなければならなかった。

目は口ほどにものをいう。だから目元を覆えばその分「何を考えているのかわからない人」になる。それで私たちは、黒めがねの人からは威圧を感じ、自分がかければ胸のうちを隠して人より優位に立ったような気分になれるのだろう。

自分が人の目にどう映っているのか気になって仕方ない人にとっては、サングラスやマスクはその不安から逃れるありがたい避難所になるかもしれない。それは、ぺたぺたまとわりつく他人の視線をさえぎり、自分の内心を見透かされずに一息つける、即席の隠れ蓑《みの》になってくれるのだ。

でもたぶん、この目論見《もくろみ》には小さくない落とし穴がある。他人の目線を遮断しさえすれば、「ほんとの自分」のまま、気楽に、のびのびと自分の心を遊ばせることができる――この思い込みには、どこかひどく浅はかなところがあるような気がするのだ。

試しに、すっぽり覆面をかぶったままで人と話してみるといい。あっという間に会話は行き詰まるか、つまらない型通りの挨拶の上をぐるぐる回るだけになるだろう。覆面は、自分の姿を相手から隠すだけでなく、自分自身からも見えなくしてしまうものらしい。

人は自分で自分を見ることができない。自分の表情やしぐさを隠せば、自分が相手にどう見えているかもつかめなくなる。そんな状態を続けると、私たちの考えや感情は徐々に小さくしぼんでこわばっていくだろう。自分の心は、外界から切り離された身体のなかに囲い込まれているわけではない。むしろ、周囲の人の目や眉の動き、指先の小さな所作や声の調子を通してはじめて自分に伝わり、またそれらを刺激や栄養にして形づくられているのではないか。

自分は何者で、いま何を感じ、考えているのか。「ほんとの自分」を知るための手がかりは、かなりの程度、相手の表情やしぐさのなかにひそんでいるのだ。

たしかに、他人に胸のうちを見通されずにいられる安全地帯を必要としない人はいないだろう。でもそこにほんとうの自由があると思い込み、たてこもってしまうなら、自分と自分の感情や考えもやがて退屈で味気ないものになってしまうにちがいない。

黒めがねの後ろに隠れて自由を謳歌《おうか》しようとする小悪党は、どこか滑稽にみえてしまう。サングラスや覆面は、思ったほどには内心の自由をもたらしてくれないのだろう。隠れて得られる自由は、ほんのかりそめか、幻のようなものなのだ。

傘はいらない

二〇二一年七月二日（金）

傘を持ち歩くのが好きでない。少々濡《ぬ》れてもかまわないので、なるべく手ぶらで家を出る。降水確率九〇%の曇天をにらみながら靴をはき、ずぶ濡れにならずにすめば得意満面で帰ってくるので、家族はあきれ顔である。

べつに天気予報を無視しているわけでも、はなから疑っているのでもない。雨の降る確率が九〇%の日に一滴の雨も降らなかったとしても、予報がはずれたことにはならない。それが述べているのは、今日と同じ条件の日が一〇〇回あれば、そのうちの九〇回は雨が降り、あとの一〇回は雨が降らないだろう、ということにつきるのだから。今日は「降る」方の九〇回にあたるのか、それとも「降らない」方の一〇回にあたるのか——天気予報は何も教えてくれないのである。

野球選手の打率から感染症の感染率まで、一日一杯コーヒーを飲む人の平均余命から十年以内に大地震の起こる見込みまで、私たちの毎日の生活には統計による可能性の計算がつきまとう。気にしないわけにもいかないが、一体どう気にすればいいのだろうか。

肝に銘じておくべきなのは、それは個別のできごとの予言ではない、ということだろう。どれだけたくさんのデータを集めても、ある打者がこの打席でどこにどんな打球を飛ばすかはわからない。次の瞬間、この私に何が起こるのか、統計は何一つ断言することはないのだ。

もともと統計は、あまりに不規則で次に何が起こるか予測できないことがらと取り組むために考案された方法だ。過去のデータをかき集めても、未来の不規則性をなくせるわけではない。分析の精度をどこまで上げようと、自分の選択には賭けとしての側面が残る。統計による予測が行われるところでは、私たちは皆、賭博者であるほかないのかもしれない。

もちろん、「次の一手」ではなく長期にわたる方針、習慣やルールを決めようというときに、統計を軽んじるのは利口とはいえない。降水確率が九〇%を超えたら必ず傘なしで外出することにしている、などという人がいたら、その不合理を笑われても仕方ない。ごく大まかな見通しのもと、少しでも損失の少ない指針を見定めたいとき、統計は頼りがいのある助言者となってくれるはずだ。

しかし、いくら可能性がわずかだとわかっていても、次こそその番だ、と固く信じ、その確信のままに行動しないではいられないときがある。その望みがかなえば大きな見返りが期待できるとき、そしてその期待が、あてが外れたときの失望や損失を覆い隠してしまうほどに輝いてみえるとき、私たちはためらいつつもささやかな（もしかしたら、なけなしの）賭け金を、可能性の薄い方においてしまうのではないだろうか。

賭けをすることの抗いがたい魅力は、ほとんどありえない未来が自分だけにやってくる、というおめでたい思い込みに包まれて生きることにある。今日、自分にだけは、雨は降らないだろう。そんな根拠のない楽観を打ち消す力は、統計にはない。

大学の「へり」で

二〇二一年八月二十四日（火）

肉でも野菜でも、端っこの方、皮やヘタ、骨のあたりにうまみが詰まっているように思えることがある。だしやスープをとるとき、そのままでは食べられない部分を捨てずに使うのは、必ずしもケチっているからだけではないだろう。小手先では加減できないわずかな渋みやえぐみが加わると、単調さや平板さがしりぞいて、複雑でこくのある滋味《じみ》が生まれる。舌と脳をしびれさせるのとは違った、おだやかでなつかしいおいしさだ。

かねて思っていたのだが、大学にも似たところがある。

家族からも研究室の仲間からも離れたくなったとき、コーヒー一杯で暑さ寒さを逃れられる喫茶店は文字通りのオアシスだった。一人きりで何冊も本を持ち込んでねばったり、友人とぼそぼそ何時間も話し込んだり。隣から聞こえてくる噂《うわさ》話やクセの強そうな人たちの議論に思わず耳をそばだてることもあった。

古本屋に行けば、図書館の開架書棚にも見かけない本が見つかった。書名や著者のめぼしをつけてから入る書庫とは違って、読むつもりのなかった本、見たこともなかった本を手にとる機会が増える。品揃《ぞろ》えも棚の配列も店ごとにずいぶん違うが、新刊書店ほど目まぐるしく変わるわけではない。どの店のどのあたりにどんな本がありそうか。その配置図を会得するうちに、いつか買おう、と思って棚に戻した本が増えていく。まるで街のあちこちに自分の本棚があるようだった。

街で学生時代を過ごす人は毎年少しずつ入れ替わっていくので、小さな喫茶店でも常連に占領されてしまうことがない。定番の教科書や文庫本、新書が年中安価で売り買いされているからこそ、読む人の少ない学術書も棚から追い出されずにすむ。よどむでもなく急流に翻弄《ほんろう》されるでもない、ほどよい新陳代謝のリズムが、無駄と雑味をたたえた風通しのいい場所を作ってきた。キャンパスと家や下宿の間の、ひとりぼっちでも、さびしくない場所。定食屋も、散髪屋や銭湯もそうだ。パチンコ屋や雀荘《じゃんそう》だってたぶんそうだ。

このおいしい「へり」は、時間の方にも広がっている。

自分が大学に籍をおいた時間のうち、今の自分の考えや興味を鍛えてくれたのは、教室や演習室の中の時間ではなかった。廊下での立ち話、研究会のあとの飲み会、自分の部屋に引き返すまでの隙間の時間から、どれだけの刺激を受けてきたか。

学生になった瞬間からあぶくのように作っては壊してきた小さな勉強会や読書会、自分の生まれる前から続いてきたいくつかの研究会やサークルを思い返してみても、私たちの「学問の時間」のうち、教室に流れる時間など、大海の中のちっぽけな小島にも及ばないような気がしてくる。

ビジネス街であれ観光地であれ、よそから人が集まってできる街はみなそうなのかもしれない。裏通りにどんな場所が広がり、時間が流れ、暮らしが営まれているか。それは壁の内側にいる人たちの計画や管理には従わないが、中の活動の質と士気を大きく左右する。キャンパスの高気密、高断熱化に邁進《まいしん》する今日の大学に、そのことは見えているのだろうか。

本書は、京都新聞連載「現代のことば」（二〇一九年七月二十三日〜二〇二一年八月二十四日）に誤字・脱字など最低限の修正を入れました。未掲載の一篇（「謝らない人」）も収録しています。なお、扉の日付は掲載日です。

那須耕介　なす・こうすけ

一九六七年生まれ。

京都大学教授。専門は法哲学。おもな著書に『法の支配と遵法責務』『ナッジ!?』（共編著）（以上、勁草書房）、『社会と自分のあいだの難関』『バーリンという名の思想史家がいた』『ある女性の生き方』（以上、SURE）、共訳書に『熟議が壊れるとき』『メタフィジカル・クラブ』など。

二〇二一年九月七日逝去。享年五十三。

つたなさの方へ

二〇二二年九月七日 初版第1刷発行

著者 那須耕介

発行者 三島邦弘

発行所 ちいさいミシマ社

〒六〇二-〇八六一

京都市上京区新烏丸頭町一六四-三

電話 〇七五(七四六)三四三八

FAX 〇七五(七四六)三四三九

e-mail hatena@mishimasha.com

URL http://www.mishimasha.com/

振替 〇〇一六〇-一-三七二九七六

印刷・製本 (株)シナノ

組版 (有)エヴリ・シンク

ISBN 978-4-909394-73-6

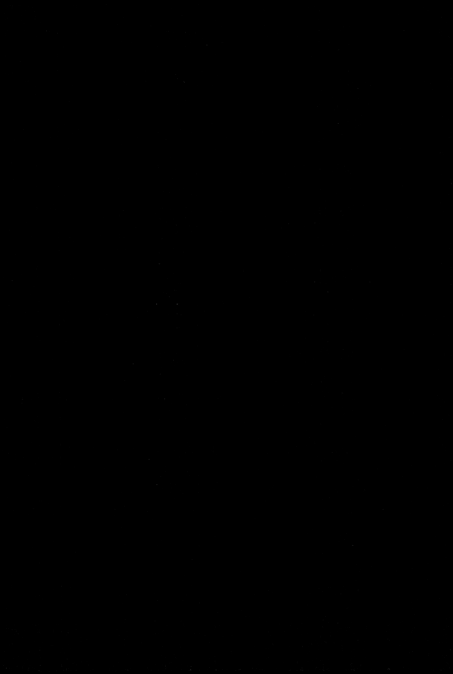